目录

咏柳 2
山村咏怀 4
绝句 6
早春呈水部张十八员外 8
村居 10
春晓 12
滁州西涧 14
宿新市徐公店 16
大林寺桃花 18
惠崇春江晚景 20
游园不值 22
绝句 24
乌衣巷 26
鸟鸣涧 28
小景 30
闲居初夏午睡起 32
小池 34
晓出净慈寺送林子方 36
食荔枝 38
约客 40
江南 42

我们的诗词

主　编　张克中

江蘇鳳凰教育出版社

二月，高高的柳树长满翠绿的柳叶，柳条垂下来，在风里摆来摆去。

那些细细小小的柳叶是怎么来的呢？原来是二月春风剪出来的。

咏柳

[唐] 贺知章

碧玉妆成一树高，万条垂下绿丝绦。
不知细叶谁裁出，二月春风似剪刀。

扫码听诗

山村咏怀

[宋] 邵雍

一去二三里，烟村四五家。
亭台六七座，八九十枝花。

一个人到二三里远的地方去，那里生活着四五家人。一路经过六七座小亭子，每个亭子周围开着很多花。

绿柳丛中黄鹂在唱歌，天空中**白鹭**在飞翔；从窗口往外看山岭上白雪皑皑，门前的河道里泊着要远航的船。

绝句

［唐］杜甫

两个黄鹂鸣翠柳，一行白鹭上青天。
窗含西岭千秋雪，门泊东吴万里船。

早春，小雨下得又细又软，像奶油一样滋润，远处青青的小草已经连成一片了，但是近看却还只是稀稀疏疏的。这情景真美啊！

早春呈水部张十八员外

［唐］韩愈

天街小雨润如酥，草色遥看近却无。
最是一年春好处，绝胜烟柳满皇都。

村居

[清] 高鼎

草长莺飞二月天，拂堤杨柳醉春烟。
儿童散学归来早，忙趁东风放纸鸢。

春天来了，草刚发芽，小鸟在天上飞，杨柳在风中轻拂着河堤，小孩子们都在兴致勃勃地放风筝。

扫码听诗

春晓

［唐］孟浩然

春眠不觉晓，
处处闻啼鸟。
夜来风雨声，
花落知多少。

春天里人贪睡，不知不觉天就亮了，搅乱我酣眠的是那叽叽喳喳的小鸟。昨天夜里风声雨声一直不断，那美丽的花儿不知被吹落了多少。

扫码听诗

溪流边长着一丛丛的野草，树林深处黄鹂在啼唱着好听的歌。

滁州西涧

［唐］韦应物

独怜幽草涧边生，
上有黄鹂深树鸣。
春潮带雨晚来急，
野渡无人舟自横。

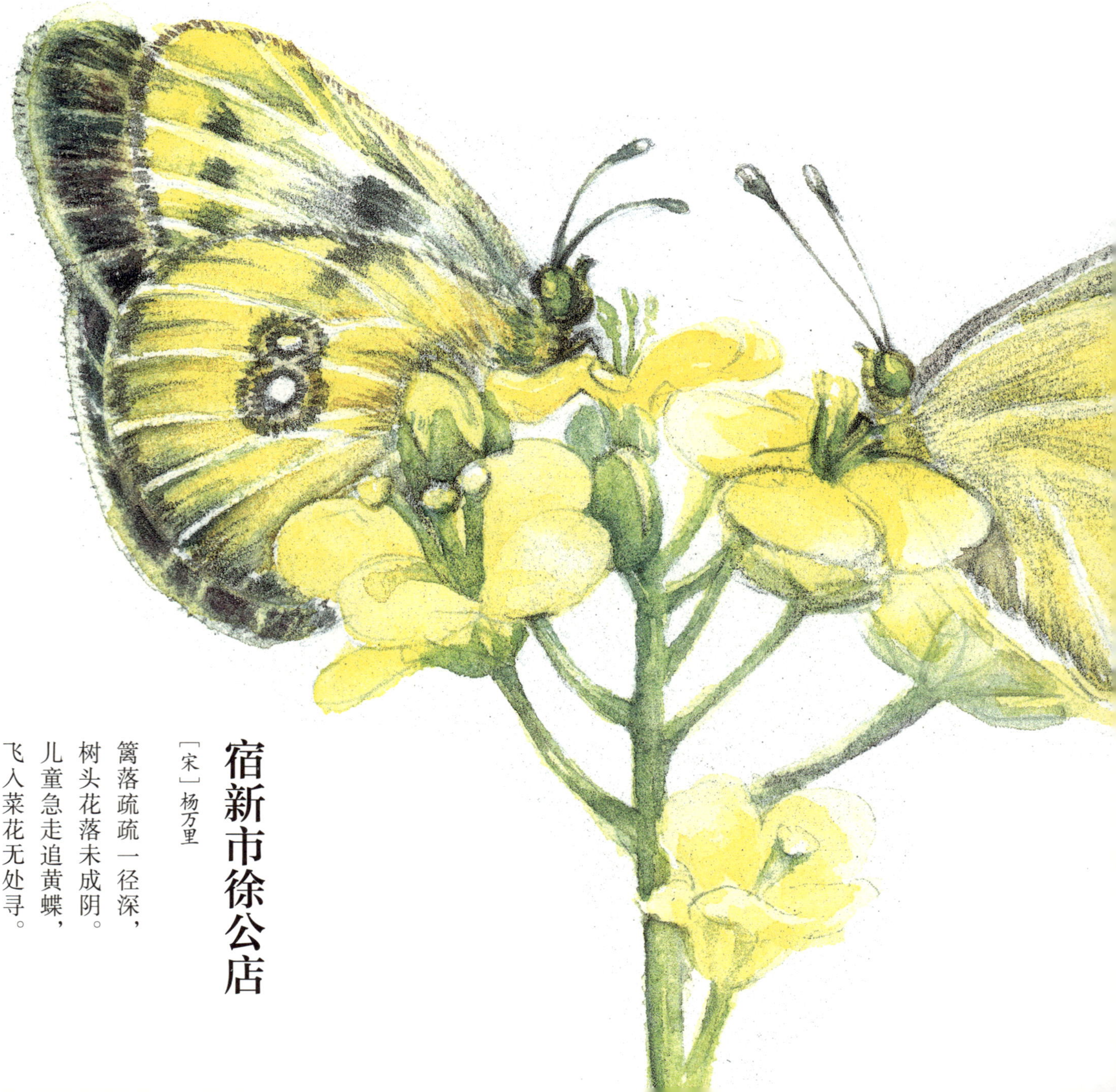

宿新市徐公店

[宋] 杨万里

篱落疏疏一径深，
树头花落未成阴。
儿童急走追黄蝶，
飞入菜花无处寻。

一群小朋友跑得飞快，他们在追赶黄色的蝴蝶。他们追啊追啊，蝴蝶忽然飞到菜花丛中去了，菜花也是黄色的，小朋友们不知道蝴蝶躲到了哪里。

在人间四月百花凋零的时候，高山古寺中的**桃花**才刚刚盛开。诗人说，我常为春光逝去无处寻觅而怅恨，却不知它已经跑到这里来了。春天啊，你真是美丽可爱！

大林寺桃花

［唐］白居易

人间四月芳菲尽，
山寺桃花始盛开。
长恨春归无觅处，
不知转入此中来。

竹林外的桃树上两三枝桃花刚开，小鸭子们在水中嬉戏，它们最先知道了江水回暖的消息。河滩上已经长满了蒌蒿，芦笋也开始抽芽，这个时候也是河豚从大海回来，准备逆江而上产卵的时节。

竹外桃花三两枝　春江水暖**鸭**先知

蒌蒿满地芦芽短　正是河豚欲上时

惠崇春江晚景

［宋］苏轼

竹外桃花三两枝，春江水暖鸭先知。
蒌蒿满地芦芽短，正是河豚欲上时。

扫码听诗

扫码听诗

游园不值

[宋]叶绍翁

应怜屐齿印苍苔，
小扣柴扉久不开。
春色满园关不住，
一枝红杏出墙来。

春天来了，我去朋友处游园，或许是他担心我会踩坏他园内的青苔，我敲了半天的门，也没人来开。

可是，这满园的春色毕竟是关不住的，你看，那儿有一枝粉红色的杏花已经伸出墙头来了。

绝句

［唐］杜甫

迟日江山丽，
春风花草香。
泥融飞燕子，
沙暖睡鸳鸯。

春风送来百花的芳香。泥土潮湿又松软，燕子轻盈地飞来飞去衔泥筑巢。河滩上、溪岸边，水暖沙温，美丽的鸳鸯在享受阳光。

乌衣巷

［唐］刘禹锡

朱雀桥边野草花，
乌衣巷口夕阳斜。
旧时王谢堂前燕，
飞入寻常百姓家。

扫码听诗

一座桥边长满了野草，野草丛中开着各种各样的花儿。一条小巷映照在夕阳里，一只**燕子**飞过来，落在了一家屋檐下。

鸟鸣涧

［唐］王维

人闲桂花落，
夜静春山空。
月出惊山鸟，
时鸣春涧中。

扫码听诗

春桂无声飘落，山谷的夜晚十分宁静。月亮升起来，明澈的光辉惊醒了山谷中的栖鸟，它们惊飞而起，不时在这山涧中鸣叫。

我家的大门面对青山，

天空干净得一点沙尘也没有，

小景

［明］刘泰

云溪一带净无沙，
门对青山是我家。
几日不来亭子坐，
东风开过紫藤花。

几天没来，

亭子上居然落满了**紫藤花**。

闲居初夏午睡起

［宋］杨万里

梅子留酸软齿牙，
芭蕉分绿与窗纱。
日长睡起无情思，
闲看儿童捉柳花。

这是一个初夏的午后，我睡了个午觉刚起来，随手拿了颗梅子吃，味道很酸，好一会儿酸味都还留在牙齿之间。隔窗望出去，窗外的芭蕉初长，绿叶鲜亮，一群小朋友正在嬉闹着捕捉空中飘飞的柳絮。

娇嫩的小荷刚刚从水面露出尖尖的角，调皮的**蜻蜓**飞得低低的，轻轻地立在它的上头。

小池

［宋］杨万里

泉眼无声惜细流，树阴照水爱晴柔。
小荷才露尖尖角，早有蜻蜓立上头。

六月的西湖，非常漂亮，景色与其他季节都不同。这个时候的荷叶一片碧绿，太阳照在荷花上，荷花显得特别鲜艳。

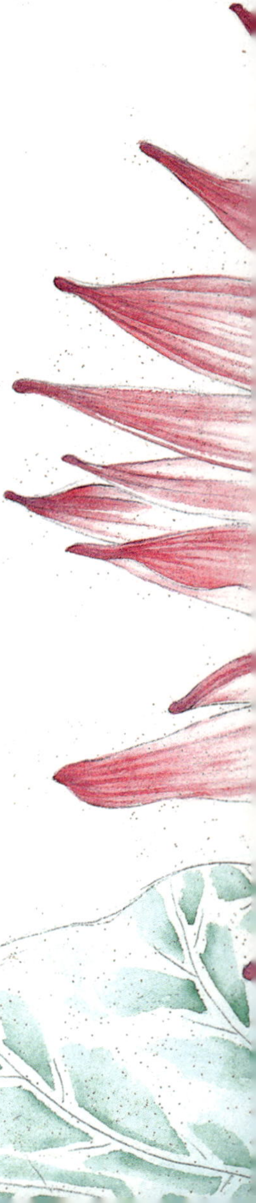

晓出净慈寺送林子方

［宋］杨万里

毕竟西湖六月中，风光不与四时同。
接天莲叶无穷碧，映日荷花别样红。

食荔枝

［宋］苏轼

罗浮山下四时春，卢橘杨梅次第新。
日啖荔枝三百颗，不辞长作岭南人。

罗浮山下四季都是春天，
枇杷和杨梅天天都有新鲜的。
荔枝太好吃了，
如果每天能吃三百颗荔枝，
我宁愿永远生活在岭南。

扫码听诗

梅子黄时，到处都在下雨，池塘边长满了青草，草丛里传来阵阵 青蛙 的叫声。诗人在等约好的客人，可是半夜已过，客人还没有来，无聊中轻轻地敲棋子，结果震落了油灯上的灯花。

约客

［宋］赵师秀

黄梅时节家家雨，青草池塘处处蛙。
有约不来过夜半，闲敲棋子落灯花。

扫码听诗

江南

汉乐府

江南可采莲，
莲叶何田田，
鱼戏莲叶间。
鱼戏莲叶东，
鱼戏莲叶西，
鱼戏莲叶南，
鱼戏莲叶北。

扫码听诗

江南又到了采莲的季节了，莲叶浮出水面，挨挨挤挤，重重叠叠，迎风招展。在茂密如盖的荷叶下面，欢快的鱼儿在不停地嬉戏玩耍。小鱼儿一会儿在这儿，一会儿又游到了那儿，说不清究竟是在东边，还是在西边；是在南边，还是在北边。

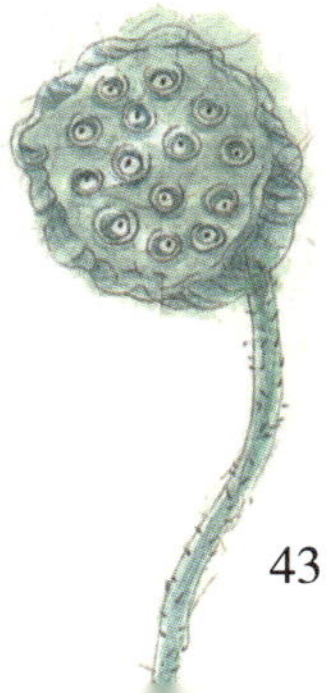

一只鹅昂头向天唱着自己的歌，在水里时，它白色的羽毛浮在水面上，红色的脚掌自在地划着清波。

咏鹅

［唐］骆宾王

鹅，鹅，鹅，
曲项向天歌。
白毛浮绿水，
红掌拨清波。

小儿垂钓

[唐] 胡令能

蓬头稚子学垂纶，
侧坐莓苔草映身。
路人借问遥招手，
怕得鱼惊不应人。

有个小朋友在**钓鱼**，

这时有人过来问路，

他摇手不答，

不是没礼貌，

他是怕惊动了那些小鱼儿。

扫码听诗

蜂

［唐］罗隐

不论平地与山尖，无限风光尽被占。
采得百花成蜜后，为谁辛苦为谁甜。

无论是在平地，还是在山顶，哪里有鲜花盛开，哪里就有**蜜蜂**在忙碌。蜜蜂啊，你采尽百花，到底为谁付出辛苦，又为谁酿造香甜的蜂蜜？

江上渔者

[宋]范仲淹

江上往来人，但爱鲈鱼美。
君看一叶舟，出没风浪里。

江上来来往往的那么多人只喜欢鲈鱼的味道鲜美。看看那些可怜的打鱼人吧，正驾着小船在大风大浪里上下颠簸，飘摇不定呢。

夏日中午，太阳火辣辣地当头照着，农民还在劳作，汗珠一滴一滴掉下来，落入泥土里。有谁想到，我们碗中的米饭，每一粒都是农民的辛苦付出呢？

悯农

［唐］李绅

锄禾日当午，汗滴禾下土。
谁知盘中餐，粒粒皆辛苦。

赋得古原草送别

［唐］白居易

离离原上草，一岁一枯荣。
野火烧不尽，春风吹又生。
远芳侵古道，晴翠接荒城。
又送王孙去，萋萋满别情。

多么茂盛的原上草啊，每年都是秋冬枯黄春来就绿得茂密。无情的野火只能烧掉原上干枯的草，春风到来后大地又是绿茸茸一片。

蚕妇

［宋］张俞

昨日入城市，归来泪满巾。
遍身罗绮者，不是养蚕人。

一个住在乡下以养蚕为生的妇女，昨天到城里去卖蚕丝。回来的时候，她伤心得把手帕都哭湿了。城里那些穿着丝绸衣服的人，他们哪里懂得养蚕人的辛苦！

扫码听诗

我在南山下种豆子，

地里野草很茂盛，豆苗很稀少。

于是我清晨早起下地除杂草，

夜晚月亮升起时我才扛着锄头回家。

走在狭窄的山路上，

那些草木上的露水弄湿了我的衣裳，

但我并不可惜，

我只愿与田园相伴，有些收获。

扫码听诗

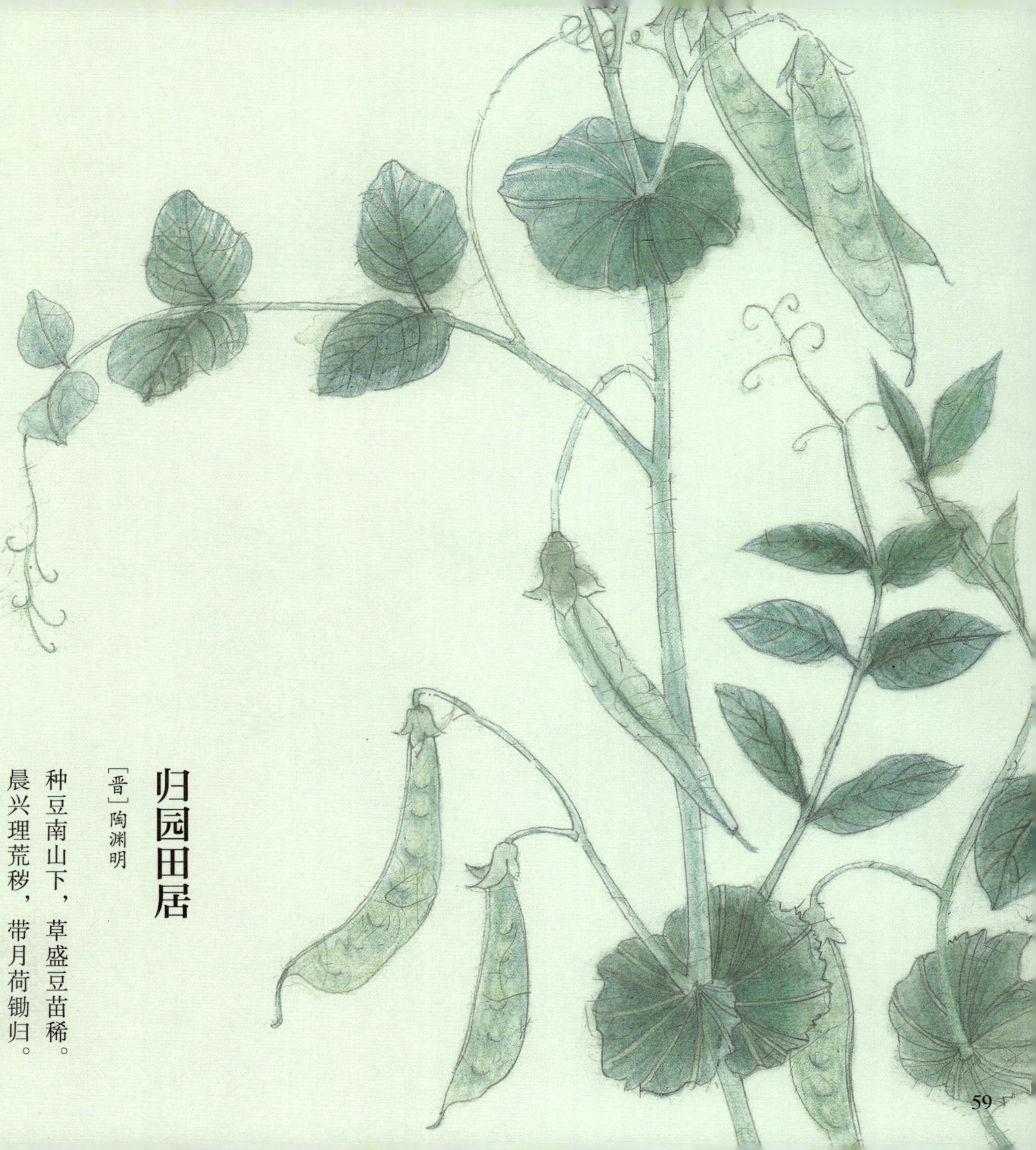

归园田居

［晋］陶渊明

种豆南山下，草盛豆苗稀。
晨兴理荒秽，带月荷锄归。
道狭草木长，夕露沾我衣。
衣沾不足惜，但使愿无违。

寻隐者不遇

［唐］贾岛

松下问童子，言师采药去。
只在此山中，云深不知处。

扫码听诗

从前有个诗人去拜访他隐居的朋友，到了朋友的住处却没找到。苍松下诗人问门童，门童说：“师父采药去了。”诗人再问去哪里采药，门童答道：“只在这座大山里，可是林深云密，我也不知道他具体在哪里。”

静夜思

[唐] 李白

床前明月光，疑是地上霜。
举头望明月，低头思故乡。

扫码听诗

九月九日忆山东兄弟

［唐］王维

独在异乡为异客，
每逢佳节倍思亲。
遥知兄弟登高处，
遍插茱萸少一人。

一个人独自远离家乡，无法与家人团聚，每到重阳节就会加倍思念自己的亲人。他的兄弟想必也带着茱萸登上高地，也会因为少了自己与他们在一起而非常遗憾。

山行

［唐］杜牧

远上寒山石径斜，
白云生处有人家。
停车坐爱枫林晚，
霜叶红于二月花。

沿着弯弯曲曲的小路上山，在那白云的深处，居然还有人家。太喜欢深秋季节枫林的晚景了，索性把车停下来观赏，但见漫山的枫林秋霜染过后，枫叶比二月的春花都鲜艳。

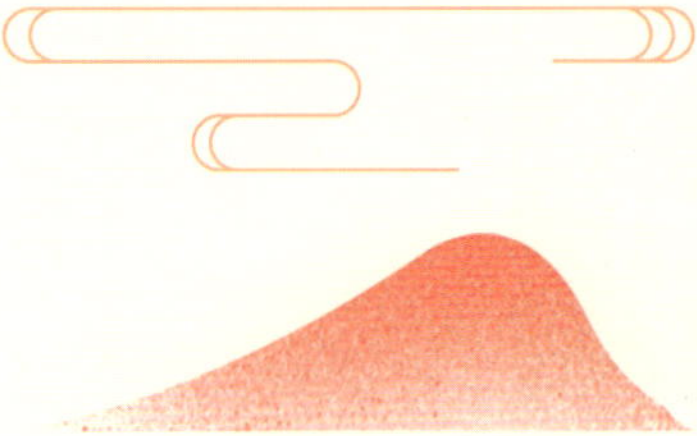

依旧是秦汉时的明月和边关，但是无数的男儿出征沙场却再没有回来。如果神勇的汉朝名将李广还在，是绝不许胡人南下越过阴山的。

出塞

［唐］王昌龄

秦时明月汉时关，
万里长征人未还。
但使龙城飞将在，
不教胡马度阴山。

阴山脚下，有敕勒族生活的大平原，那里的天空，四面与大地相连，看起来就像圆顶帐篷。天色苍茫，旷野草色无边，风一阵阵吹过去，草不停地伏下身子来，草丛里的牛羊时隐时现。

敕勒歌

北朝民歌

敕勒川，阴山下。
天似穹庐，笼盖四野。
天苍苍，野茫茫，
风吹草低见牛羊

赠刘景文

［宋］苏轼

荷尽已无擎雨盖，菊残犹有傲霜枝。
一年好景君须记，正是橙黄橘绿时。

初冬来了，荷叶枯败，再也不能像遮雨的伞那样亭亭玉立。菊花也枯萎了，但仍有菊枝在冷风里骄傲地挺立着。别以为一年的好风景就要没了，记住啊，最美的景色就是**橙黄橘绿**的初冬。

鸡

［清］袁枚

养鸡纵鸡食，
鸡肥乃烹之。
主人计固佳，
不可使鸡知。

养鸡就要让鸡尽情吃食，等鸡肥了就可以把它吃掉，鸡肉很鲜美呀。只是养鸡的主人不要让鸡知道这件事。

一个将军走在幽暗的树林里，天色已晚，一阵阵疾风刮来，草木被吹得东倒西歪。疾风吹劲草的声响让将军一惊，以为是老虎，就赶紧拉弓射箭。

第二天清晨，将军搜寻猎物，结果发现中箭者并非猛虎，而是一块巨石，那支箭已经深深地插入石头中。

塞下曲

［唐］卢纶

林暗草惊风，将军夜引弓。
平明寻白羽，没在石棱中。

客晓

[清] 沈受宏

千里作远客，五更思故乡。
寒鸦数声起，窗外月如霜。

有个人，在离家很远的地方生活，他非常想念自己的亲人，夜里睡不着，披衣起身时，听到几声**寒鸦**的叫声。他不自觉地抬头，看见窗外一轮冷月挂在天空。

北风呼啸，黄沙千里，遮天蔽日，到处灰蒙蒙一片。大雪纷纷扬扬，北雁在狂风里向南飞去。我的朋友啊，此去你不要担心遇不到知己，天下哪个不知道你啊。

别董大

［唐］高适

千里黄云白日曛，
北风吹雁雪纷纷。
莫愁前路无知己，
天下谁人不识君。

所有的山，
不见飞鸟；
所有的路，
不见人迹。
只有一叶扁舟上，
披着蓑衣戴着斗笠的渔翁
在寒江上独钓。

江雪

[唐] 柳宗元

千山鸟飞绝，万径人踪灭。
孤舟蓑笠翁，独钓寒江雪。

扫码听诗

太阳落下了，青黑色的山显得更遥远。屋顶上覆盖着厚厚的白雪。我在路上走啊走啊，忽然听到狗叫声从树枝编扎的门里了传出来，我终于找到了可以投宿的人家。

逢雪宿芙蓉山主人

［唐］刘长卿

日暮苍山远，天寒白屋贫。
柴门闻犬吠，风雪夜归人。

一个人正想家，刚好见到自己的朋友从家乡来，于是急忙问他：家乡的**蜡梅**开了吗？

蜡梅什么时候开呢？它总在很冷的时候开，它开的时候，冬天就快结束了。

杂诗

[唐] 王维

君自故乡来，应知故乡事。
来日绮窗前，寒梅著花未？

冬天实在太冷了，大地上的树木都快冻折了，深雪里的一棵梅花树，突然有一枝不怕严寒开了花，风吹过来，有一股清新的暗香。

扫码听诗

早梅

［唐］齐己

万木冻欲折，孤根暖独回。

前村深雪里，昨夜一枝开。